KB142346

기다리는 마음

기다리는 마음

2024년 5월 16일 초판 1쇄 인쇄 발행

지 은 이 | 전성훈
펴 낸 이 | 박종래
펴 낸 곳 | 도서출판 명성서림

등록번호 | 301-2014-013
주 소 | 04625 서울시 중구 필동로 6 (2, 3층)
대표전화 | 02)2277-2800
팩 스 | 02)2277-8945
이 메 일 | ms8944@chol.com

값 10,000원
ISBN 979-11-93543-79-5

전성훈 시집

기다리는 마음

도서출판 명성서림

책 머리에

그토록 매서웠던 한겨울 동장군이 지나가자 저 멀리서 어느 틈에 새봄이 찾아온다. 봄의 전령 매화가 봄소식을 전해주니 꽁꽁 얼어붙어 웅크리고 있던 마음이 풀어진다. 따뜻한 미소를 전해주는 개나리와 산수유가 꽃을 피우고, 목련과 진달래 그리고 벚꽃이 봄이 왔다고 온 동네 노래 부르면서 손짓한다. 가슴속 깊이 꼭꼭 숨어 있던 기쁜 노랫소리가 봄이 오는 동산의 산새 소리처럼 꿈틀거린다.

첫 번째 시집 "산티에고 가는 길"을 세상에 선 보인지 어느 틈에 3년이 훌쩍 지나가고, 어느덧 두 번째 작품집을 발표할 때가 무르익어 간다. 그동안 써왔던 글을 간직하고 있던 품에서 끄집어내어 세상으로 시집 보낼 때가 된 것 같다. 매주 한 편의 시를 쓰기 시작한 지 몇 년이 지났으면서도, 항상 마음은 무겁고 부담스럽다. 부끄럽고 창피한 생각에 더는 시를 쓰지 못할 것 같은 기분이 들어서 허망하고 허전하기도 하다. 나이가 칠십 고개를 넘으니 남에게 피해를 주지 않으면 어쩌다 조금 뻔뻔해지는 것도 괜찮을 것 같다는 생각이 든다. 망설이며 머뭇거리지 말고 부끄러우면 부끄러운 대로 모자라면 모자란 대로 있는 모습 그대로 보여주는 것도 좋을 것 같다. 볕이 들지 않는 어두운 장롱 속에서 시어를 끄집어내어 따스한 세상의 빛을 쬐게 하고 싶은 마음이 들어 용기를 낸다. 저 멀리 떨어져 있는 것 같이 느껴지는 삶의 고개를 넘을 때까지 허덕거리지 말고 쉬엄쉬엄하면서 계속해서 시를 쓰고 싶다.

| 차 례 |

제2부 운주사 석불처럼

제3부 나팔꽃

제4부 동트는 새벽에

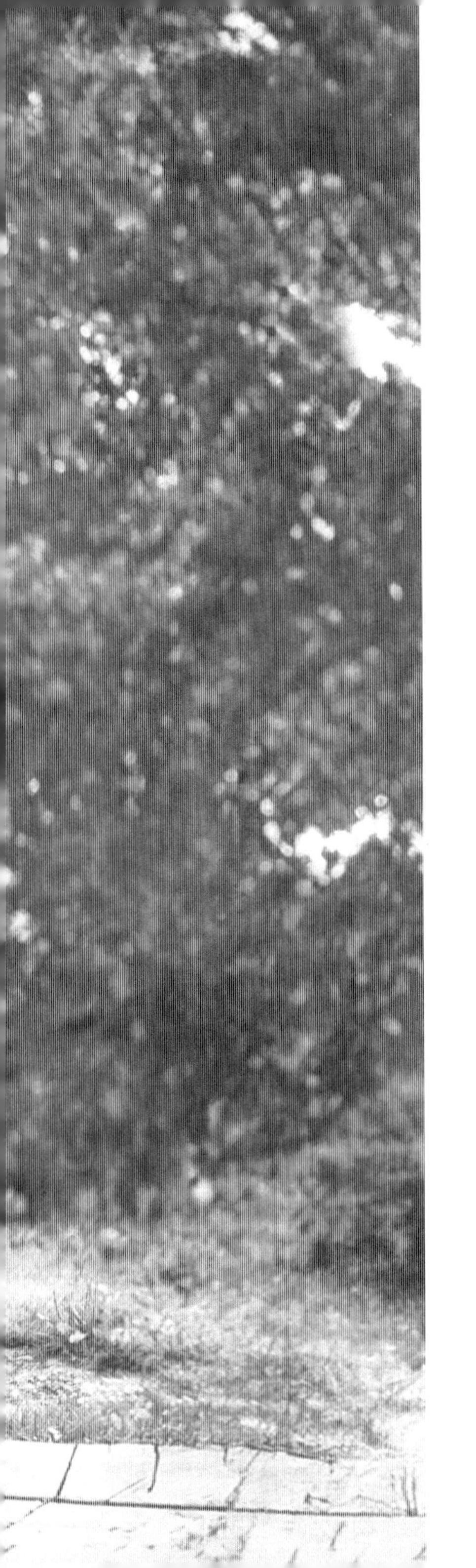

제 1 부

기다리는 마음

해가 바뀌어 또 새해
아침이 밝아왔는데도
떠나간 사람은 보이지 않네

나팔소리 길게 울려 퍼지고
북소리 하늘까지 높아가면
저 먼 곳에서 돌아오실까?

기다리는 마음

한 번 떠나버리면
언제 돌아올지 모르는
바람 같은 그 사람

어제도 오늘도 그제도
기린처럼 목을 길게 빼고
기다리고 기다리건만

동구 밖 거친 메밭에는
까치 한 마리 보이지 않고
바람조차 숨죽이고 있네

자그마한 연분홍 입술이
뜨거운 햇살에 붉게 익어
새까맣게 타버리도록

여린 새싹이 꽃 피고
꽃잎이 하나둘 떨어져
낙엽이 되어 뒹굴어도

해가 바뀌어 또 새해
아침이 밝아왔는데도
떠나간 사람은 보이지 않네

나팔소리 길게 울려 퍼지고
북소리 하늘까지 높아가면
저 먼 곳에서 돌아오실까?

한 번 떠나버리면
언제 돌아올지 모르는
바람 같은 그 사람

홀로 걸으며

모든 게 그 모습 그대로인데
사라졌다고 느껴지는 것은
무슨 까닭 모를 조화인지

제 자리에 그대로 있어도
없어져 버린 것처럼
아무것도 보이지 않네

가만히 몸을 만져보니
코도 귀도 다리도 팔도
그 자리 그대로 붙어있는데

눈을 뜨고 위를 바라보니
하늘은 한없이 높아가고
눈을 감으니 몸이 돌아가네

황당한 이 풍진 세상을
세상과 동떨어진 채
나 홀로 옛날 모습을
등에 지고 힘들게 걸어가네

삶을 낚는 그대

흙 빚는 젊은 도공
마음 내키는 대로
토끼와 거북이가 되더니

한잔 술을 걸쳤는지
술 항아리 되었다가
새색시 요강이 되네

세상에 하나뿐인
물건 만들겠다는
혼신의 꿈을 꾸어

가마 속 활활 타는 장작
검붉은 불꽃을 바라보며
회한의 눈물짓는 늙은이는

세월의 강물에 빠져
가는 세월을 낚았는지
물 흐르는 대로 굽고 있네

무상 無常

바뀌지 않을 것 같았는데
변하지 않은 게 하나도 없고
아무 일도 없을 것 같았는데
그 모습 그대로 있는 게 없네

포동포동하게 빛나던 육신도
세월 따라 윤기가 빠지니
쭈글쭈글한 주름투성이 되고

좁쌀 같은 속 좁은 마음은
하루에도 천 번 만 번이나
이랬다저랬다 천둥, 번개 치고

하늘의 맑은 구름은 순간마다
그 모양과 모습이 바뀌어
본래 모습을 찾을 길 없어
부서진 흙과 다름없으니
이 세상 무상함은 무엇인가?

꽃바람을 그리며

살을 에는듯한
북풍 칼바람도
옷 속으로 스며드는
스산한 바람도
뺨을 간지럽히는
봄날의 훈풍도

골목을 스치듯
지나는 바람도
건물 사이를
휘몰아치는 바람도
소리도 없이 몰래
소문을 내는 바람도

텅 빈 가슴의 상처를
어루만져주지 못해
멋쩍어 수줍은 듯이
살짝 고개를 숙이는
어린 새색시 손길 같은
꽃바람을 목 놓아
기다리고 기다리네

가을편지

애잔한 목소리로
가을엔 편지를 쓰겠다고
노래 부르던 그 여인

누구에게 보내려는지
가슴에 맺힌 사연이 뭐길래
한 글자도 쓰지 못하고

바람처럼 말없이 떠나버린
사람을 기다리는 마음은
숯덩이처럼 시커멓게 멍들어

처마 밑 귀뚜라미 소리에
가슴 아린 슬픔을 담아
뻥 뚫린 마음을 달래네

마음의 빗소리

아침부터 내리던 비가
낮엔 폭포처럼 퍼붓고
저녁에도 하염없이 뿌린다

종일 비가 쏟아지는 탓에
갈증을 푼 땅엔 홍수가 나고
화창한 햇볕은 어디에 있는지

추적추적 내리는 비처럼
내 마음에도 소리 없이
끝모르게 눈물이 흐른다

추억 속의 사랑니

70년 긴 세월을 함께하며
그 역할에 충실했던
내 분신을 저버린 날

스멀스멀 찾아오는 두려움에
가슴은 벌렁벌렁거리고
마음속으로 올리는 기도 소리도
모깃소리만큼 작아지는데

"수고하셨어요, 다 됐습니다."라는
의사의 따듯한 말 한마디에
눈가에는 눈물이 스며들고

입속에서 쫓겨난 그에게
그동안 함께 해주어 고맙다는
용서를 비는 마음이 솟아오른다

새해맞이

새해에는

마음의 때와 앙금도 씻어버리고
외골수 모진 생각은 잘게 부수고
맑고 넓은 고운 마음으로
저 붉은 해를 맞이하고 싶다

새해에는

따사로운 노란 개나리와
순백의 하이얀 장미꽃과
청순한 보라색 나팔꽃을
살포시 만지며 살고 싶다

새해에는

너와 나를 편 가르지 말고
네 편, 우리 편 구분하지 않고
촉촉이 젖은 따뜻한 눈길을
주고받으며 살고 싶다

찬 바람이 불면

저 골짜기 너머에서
불어오는 찬 바람이
휘익 얼굴을 스치면

스산한 바람 소리에 놀란
나그네는 옷깃을 여미고
바람이 가는 길을 따라
저벅저벅 발길을 재촉한다

고개 마루턱에 걸터앉아서
헉헉 숨을 몰아쉬며 바라보니
가을걷이 끝난 텅 빈 벌판에는
허수아비 혼자 팔을 젓고 있네

바람 소리를 따라간 나그네는
지금쯤 어디를 향하여 가고 있을까

늦가을의 공원

가을이 익어가는
공원에는 앞서거니
뒤서거니 하나둘
나뭇잎이 떨어지네

붉은 단풍잎도
노오란 은행잎도
세월의 무게에 짓눌려
벌거벗은 몸으로
길거리에 나뒹구네

볼품없이 떨어진 낙엽은
새 생명을 잉태하는
어머니의 땅으로 돌아가
봄이 오는 소리에
다시 찾아오는데

한 번 가버린 육신은
끝도 시작도 없이
먼지도 없고 티끌도 없는
저 흙 속으로 사라지네

추억의 전설

세월이 흐르면 계절이 바뀌고
계절이 바뀌면 사람이 변하네
사람이 변하면 마음도 바뀌고
마음이 바뀌면 사랑도 변하네

하늘의 한 조각 구름마저도
시도 때도 없이 모습이 변해
가는 듯 오는 듯 흘러가고
저 언덕 너머 허허벌판으로
아스라이 사라져버린 그림자에는
희미한 기억조차 남아 있지 않네

봄은 어디에

봄이 온다기에
봄이 왔다기에
처음 맞이하는 듯
설레는 마음으로
반갑게 다가갔더니

봄은 어디로 갔는지
그 모습을 찾을 길 없고
차디찬 찬바람만
옷 속으로 스며드네

오는 봄이 어디로
갔을 리 없는데
봄을 옆에 두고
간절히 찾는 사람아
네 마음속에 들어온
봄소식을 들어보시게

이 가을의 그리움

참으려 해도 참으려 해도
하염없이 쏟아지는
뜨거운 눈물이 앞을 가려
떠나가는 그 사람에게
아무 말도 못 하고
고개를 숙인 채 멀어지는
그림자만 바라본다

계절이 바뀌어
봄 가을이 가고
세월 따라
여름 겨울이 돌아오듯
떠나간 옛사람만
그리운 게 아니라
다시 돌아오지 않는
젊은 날의 내 모습은
더없이 그립고 그립다

요염한 화려함 뒤에는
지저분하기 그지없는
추악함이 어른거리듯
과거는 아름답다고
노래하지만 그리움은
꿈에서나 피어나는 꽃
사무치는 그리움은
뻥 뚫린 가슴에 남는다

가을의 소리

저 들녘 너머로
가을이 다가오면
살그머니 온다는
멋쟁이 풍각쟁이

찌르르 찌르르
장독대 밑에서
들리는 그 노래

어느 깊은 밤에
사랑을 나눌 짝 찾아
목청껏 노래 부르다가

가을의 뒤안길로
날개 저으며 사라지는
귀뚜라미 뒷모습에는

노을 진 해변의
희미한 그림자처럼
쓸쓸함이 묻어나고

알 수 없는 슬픔에
스르르 흐르는 눈물을
훔치는 주먹 위로

서러운 늦가을 바람이
휑하니 불어오니
덧없는 저 세월만
말없이 가고 없네

세밑 뒤안길에

검푸른 동해에서
어두움을 뚫고 붉은빛으로
솟아오른 신축년 첫날

따뜻한 봄볕을 쬐며
물이 오른 연약한 초목엔
파릇파릇 새순이 돋아나
샛노란 개나리꽃이 피니
산하엔 따사로움이 넘쳐나고

목구멍이 포도청이라
가족을 먹여 살리려고
푹푹 찌는 무더운 열기 속에
마스크를 쓴 채 헉헉거리며
일터를 찾아서 여기저기
기웃기웃 발버둥 치다 보니

가을의 문턱을 훌쩍 넘어
울긋불긋 화려하게 차려입은
세월이 어서 빨리 오라고
손짓해도 찾아가지 못했는데

어느새 해는 서산으로
뉘엿뉘엿 넘어가고
무심한 세월은 말없이 왔듯이
떠날 때도 눈길 한번 주지 않네

만나면 헤어지고
헤어지면 만난다지만
그리움 가득 안고 보내야지
내 삶의 흔적이여

가을의 흔적

여름 내내
비지땀 흘리며
농사 잘되길
두 손 모아 빌던
주름살투성이
늙은 농부는
높다란 가지에
덩그러니 남아 있는
홍시 하나에
까치를 생각하는
마음을 엮어놓는다

잊혀져가는
옛날을 떠올리며
떠나간 사람을
그리워하는 동안
추수 끝난 들판에
외로이 홀로 서 있는
볏짚 단 사이로
올 듯 말 듯
슬며시 다가와
온다 간다 말없이
몰래 사라져버린
뒷모습이 야속하다

가을에 쓴 편지

연둣빛 잎사귀에
세월의 무게가 쌓여
노오란 은행잎이
비바람에 휘날려
하나둘 떨어지면

낌새를 차릴 수 없게
아무 말도 표정도 없이
홀연히 떠나버린
그 사람이 그리워져

먼 곳에서 찾아온
짝 잃은 기러기
울음소리에 나 홀로
애달파 눈물을 훔치네

잃어버린 청춘

그 곱던 얼굴
탱탱한 피부는
어디로 가고
잔주름에
서리가 한 말이네
귀는 먹어
전철 안에서
악다구니를 쓰고
눈도 가물가물
글자가 보이지 않고
기억은 외출한 듯
했던 소리 또 하네

고 향

어느 날 홀연히
돌아갈 곳도
돌아갈 때도
잊어버리고
떠나버린 그곳

험한 세파에
몸과 마음이
다 무너진 채
방구석에 누워
물끄러미 빛바랜
천장을 쳐다보면
생각나는 그곳

가고 싶어도
갈 수 없어
마음속에서도
꿈속에서조차
만날 수 있을지
모르는 안타까운
잃어버린 그곳

제 2 부

운주사 석불처럼

한 걸음 한 걸음 발자국에
한 많은 세상을 즈려밟고
희미한 미소를 지으며
무심한 돌부처를 바라보네

아우내 장터

배고픔에 허겁지겁
순대국밥 말아먹던
사람은 어디로 가고

눈물 많은 장터에서
독립 만세를 외치던
사람도 보이지 않아

세월은 가고 온다는데
세월 따라 가버린 사람도
인연 따라 오는 소식도 없어

만세 소리 드높던
적막한 시골 장터에는
스산한 봄바람만 불고 있네

고모산성에서

하늘 아래 높은 뫼가 그 어디냐
거친 흙과 돌을 짊어지고 날라서
산성을 쌓고 적의 침입을 막았던
그때 그 시절 사람은 어디로 가고

성곽에 올라 주위를 바라보니
저 멀리 말없이 강물은 흐르고
숨 가쁘게 달리던 철마도 없고
인적 끊긴 길은 먼지만 가득한데

활짝 마음을 열고 눈을 들어
푸른 하늘과 산하를 바라보니
세상은 자연과 함께 웃는데
꿈을 찾아 헤매는 나그네는
어디에 있는지 보이지 않구나

천안함 영웅들

봄비 내리는 백령도
말 없는 천안함 위령탑이
가만히 눈물을 흘린다

검푸른 백령도 앞바다
눈 깜짝할 사이 차디찬
바닷물 속에 가라앉아
목숨을 잃은 영혼들이여

저토록 잔인한 북쪽 사람의
패악질에서 평화를 지키고
곤히 잠든 사랑하는 가족과
국민을 위해 하나뿐인 생명을
바람처럼 훨훨 날려버리고
꽃잎같이 산화하신 용사들이여

세상이 모질어 별별 이상한
소리와 음모가 난무하지만
여러분의 숭고한 행위가
행여나 욕이 되지 않도록
항상 깨어있는 마음으로
이 나라를 지키겠나이다

세월이 흘러 강산도 변하니
차가운 3월의 바닷속에서
이제는 마음을 놓으시고
부디 편히 영면하소서
아아, 천안함 영웅들이여!

운주사 석불처럼

천둥 번개에 놀랐는지
풍파에 시달린 중생처럼
말없이 눈물 흘리는 돌부처

부처님 가피를 구하려고
먼 이곳까지 찾아오니
억수 같은 빗줄기에
부처님마저 울고 계시네

세월 따라 터덜터덜 쫓겨가는
어리석은 중생의 마음은
인고의 세월을 짊어지고
저 언덕 너머 피안의 세계로

한 걸음 한 걸음 발자국에
한 많은 세상을 즈려밟고
희미한 미소를 지으며
무심한 돌부처를 바라보네

풍경 소리

인적이 끊긴 산사에
스님 독경 소리는
어디로 날아가 버리고

한 줄기 바람에 실린
풍경 소리 한 가닥이
지나가는 길손 마음을
반갑게 어루만져주니

절집의 적막함을 따라
골짜기의 늦가을은
소리 없이 깊어만 가네

탄금대에서

말없이 흐르는 달천강에는
부모를 잃고 굶주림에 지친
어린 남매의 흐느끼는 소리에
흐르는 눈물과 한숨이 떠돌고

절벽에서 떨어진 수많은 병사의
슬픈 영혼을 달래려고 하는지
카누를 타며 정겹게 웃는 연인의
소곤소곤하는 소리가 맴도는데

비지땀에 절은 장수의 모습도
가야금을 타는 백발의 신선도 없는
가을이 떠나간 아득한 절벽 위에는
짝 잃은 산새 한 마리가 슬피 우네

출렁다리에서

아름다운 소금산
이쪽 산허리에서
섬강을 건너
저쪽 골짜기로
어찌하면 갈 수 있을까

옛사람은 노 저어가며
등짐 지고 걸어갔는데
억겁의 세월이 흐르니
상전벽해처럼 흔들흔들
출렁거리는 다리가 놓였네

흔들거리는 다리 위에서
아이는 야호 소리를 지르고
젊은이는 깔깔 웃음 짓는데
늙은이는 옅은 미소를 짓고
먼 산 바라보며 한숨을 내쉬네

부석사의 가을

햇살이 졸고 있는
가을 어느 날 오후

한껏 멋을 낸 옷차림에
햇볕에 그을릴까 봐
긴 팔에 벙거지를 쓰고

끝 모르는 계단을
한 걸음 한 걸음
오르고 또 올라

눈을 감고 두 손으로
배불뚝이 기둥을
살그머니 어루만지네

천년의 무거운 세월이
버거운 빛바랜 기와 위에
졸고 있는 고추잠자리

하품하는 가을 속으로
한 마리 노랑나비 되어
따사로운 햇볕을 찾아서

저쪽 팔작지붕에서
이쪽 맞배지붕으로
훨훨 날고 싶다

가는 세월

그때에는
정원의 장미처럼
요염하고 아름다웠지

그때에는
숲속의 산새처럼
청아한 목소리로 노래했지

그때에는
삼각산 영봉처럼
늠름한 모습을 뽐냈었지

부유함과 가난도
칭찬과 비난도
아름다움과 추함도
기쁨과 슬픔도
분노와 원망도

덧없는 세월 속에
앞서거니 뒤서거니
섞이고 녹아 하나 되어
흘러가는 저 강물처럼
그렇게 말없이 흘러가네

경춘선 숲길

오랜 세월을
힘차게 달리던
기차가 사라지니
아무도 찾지 않는
쓸쓸한 철길에

어느 이른 봄날
실바람 타고 온
연약한 홀씨 하나가
조그만 싹을 피우니
노랑나비가 살그머니
날아와 춤을 추고

붉게 녹슨 철길은
생명이 약동하는
예쁜 꽃길이 되어
나비와 벌을 부르고
너와 나를 부른다

사유의 방

동굴처럼 칠흑같이
어두운 전시장

천장에서 비추는
한 줄기 빛 속에

온화한 미소를
머금은 반가사유상

묵언의 시공간이
가득한 침묵 속에
내 가슴만 서늘하다

세월은 기차처럼

기차는 끝없이 달린다
허망한 욕망과 욕심도
슬픔과 원망과 상처도
하나로 묶어 싣고서

어디로 가는지 모른 채
실타래에 얽히고설키듯
지나온 세월을 싣고서
하염없이 달리고 달린다

아득한 철길이 끝나면
헐떡이며 달리던 기차는
끼익 김빠지는 소리를 내며
서서히 달리기를 멈춘다

그토록 애쓰며 달려왔던
아련한 삶의 발자국은
바람에 흩어지는 꽃잎처럼
하늘 높이 솟아오른다

수락골 계곡

세월의 뒤안길을 따라서
세상 눈빛 신경 쓰지 않고
입고 싶던 반바지 차림에

휑하니 거리로 나서더니
한 걸음 두 걸음 잰걸음에
계곡을 찾아서 산으로 가네

켜켜이 덧쌓인 욕망 덩어리를
녹여보려고 얼굴을 물에 담그니
찬 기운이 가슴속으로 스며들어

말끔히 씻어주는 폭포 속에
육신과 영혼이 다시 태어나
엄마 품에 안긴 아기가 되고 싶다

산죽 한옥 마을

동이 트는 이른 새벽에
어둠을 가르는 기침을 하며
아침을 반기는 초가지붕

높고 맑은 하늘에는 한가로이
떠도는 구름 가족이 나들이 가고
아침 이슬 먹은 마당 잔디에는
부지런한 개미들이 산책하네

삐뚤빼뚤 제멋대로 자라난
소나무들은 솔방울 품고 있고
세월을 달달하게 숙성시키는
장독대 옹기들은 말이 없는데

새벽잠 없는 늙은이 혼자서
어슬렁거리며 맑은 공기를
가슴 속 깊숙이 들어 마시고
하늘을 올려다보며 미소 짓는다

돌부처

어두운 동굴 안에서
밤을 낮 삼아 지새우며
말없이 서 있는 돌부처

이 풍진 세월의 무상함에
그 모습도 변하련만
예나 지금이나 그 모습
그대로 여전하네

가피를 구하는 중생은
불전함에 지폐를 넣고
몸과 마음이 따로 떨어져
두 손 모아 빌고 또 비는데

석굴에 계신 돌부처는
무심한 듯 저 먼 수리산
도리천을 바라보고 있네

허물어진 성곽

동트는 새벽에
무거운 등짐을 지고
땀을 흠뻑 흘리며
힘겹게 산을 오르는
앳된 젊은이는

땅을 깊게 파고
웅덩이를 만들어
짚을 섞어 넣고
진흙을 개어 성을 쌓네

비바람 몰아치던 밤
공들여 쌓았던 성벽이
와르르 무너져 내려
고단한 몸을 눕히고
곤히 잠든 사내를 덮쳐

아리수 저편에는
꽃들이 피고 지고
신랑을 기다리는
젊은 새색시의
애절한 한숨 소리에
무심한 듯 이끼만
돋아난 황량한 성터

서오릉

서오릉 경내에
볼록하니 솟아오른
다채로운 봉분들
좌우로 마주 대하고
바라보는 무덤도
모르는 사이인 듯
서로 따로따로
떨어진 무덤도
언제나 올까 하고
옆에 빈자리를 두고
수백 년이나
기다리는 무덤도
살아생전 소 닭 보듯
데면데면하던 삶이
저세상에 간다고
살가워지는지 궁금하다
저마다 한 줌 흙이 되면
그 또한 깨끗하여 좋은데
그 누가 뭐라 했는지
쓸데없이 덧칠하여
일을 그르치고 있구나

갯벌

새벽이 울음을 터뜨리며
세상을 일깨우면 슬며시
바람 따라 빠져나가는
흙탕물 같은 누런 바닷물
썰물이 빠져나간 자리에는
자연의 보물인 숨 쉬는
갯벌이 서서히 벌거벗은
속살의 모습을 드러낸다
홀딱 벗은 갯벌에는
여기저기 볼록볼록
물방울이 샘솟아 오르고
작디작은 뭇 갯벌 생명이
쉴 새 없이 돌아다니고
뻘에는 살아 움직이는
신비로움이 움튼다
사는 게 힘들고 괴로울 때
저 홀로 마음이 우울할 때
하루 삶의 의욕을 잃었을 때
그냥 아무 말 없이 가만히
바라보기만 해도 좋은 그곳

밀물

새벽녘에
빠져나간 바닷물이
모세의 팔이
힘에 부쳤는지
어느덧 해가
뉘엿뉘엿 지니
조금씩 빠르게
개선장군인 듯
물밀 듯이
밀고 들어오니
그 넓은 갯벌은
어디로 사라지고
시커먼 흙탕물이
너울너울 출렁이고

칠월칠석 오작교
밤하늘엔 수줍은 듯
초승달이 눈썹을
떨며 홀로 떠 있고
흐릿한 달그림자에
세상은 어둑어둑한데
저 멀리 외로운
등대 하나 홀로
깜빡깜빡 졸고 있네

호로고루에 올라서서

얕은 둔덕에 올라
주위를 바라보며
애개, 이게 뭐야
깔보거나 비웃지 말고
지그시 두 눈을 감고
양쪽 귀를 쫑긋 세운 채
마음의 문을 활짝 열고
아득히 먼 그 옛날의
풍광을 그려 보세요

천오백 년 전 그 시절
고구려, 백제, 신라
우리의 먼 조상들이
서로의 생존을 위해
피땀이 범벅이 되어
노 젓던 고랑포구를
피눈물 흘리며 싸우던
호로고루의 전설에
귀를 기울여 보세요

안개 낀 임진강 아래
맨몸으로 싸우던 그 날
처절한 함성에
피맺힌 한숨과 절망과
원통함에 물든 통곡 소리가
잔잔한 저 강물 속에서
처연하게 들려오는지
마음으로 들어보세요

제 3 부

나팔꽃

속절없는 사랑의 슬픔을
노래하는 파란색 꽃
부드럽고 살가운
아가씨 같은 분홍색 꽃
기쁨이 넘치는 즐거운
소식을 전해주는 하얀색 꽃

나팔꽃

부끄러워 수줍은 듯이
소녀처럼 얼굴을 붉히며
살짝 웃음을 짓는 그 모습

속절없는 사랑의 슬픔을
노래하는 파란색 꽃
부드럽고 살가운
아가씨 같은 분홍색 꽃
기쁨이 넘치는 즐거운
소식을 전해주는 하얀색 꽃
요정처럼 사랑의 맹세를
전해주는 빨간색 꽃
새침한 듯 침착한
차가운 빛의 보라색 꽃

따스한 햇볕을 마주하지 못해
아침에 피어나 한 낮에 지는
청초한 듯 가여워 보이는 모습에는
아련한 지난날의 추억만 쌓여가네

호수의 겨울

호숫가 가장자리
살얼음은 미동도
없이 그 자리에
조용히 흐르고

바람이 흘러가 버린
저 먼 하늘 끝에는
짝 잃은 기러기
한 마리 날아드네

누구 하나 찾아오는
이 없는 호숫가에는
서러움이 물씬 풍기는
그믐달만 홀로 비추고

주인 없는 낡은 쪽배는
언제 떠나버렸는지
알 수 없는 그 사람을
오늘도 목 놓아 기다리네

물안개

벼랑 끝에 피어난
실버들처럼 뽀얀 물안개가
세상 만물을 꼭 품에 안아

없어진 듯 사라진 듯
텅 빈 것처럼 보여도
그 안에서 숨을 쉬며
움직이는 어린 생명

안개가 걷힌 사이로
널따란 더럭 바위가
반가이 손짓하네

두려움은 마음에 있는 것
잠시나마 초조함을 잊고
세상을 품은 안개의 모습에
환한 미소를 지을 수 있으면

퍼플교에서

저 멀리 남쪽 바다 섬나라
그 옛날 바다에서 솟아오를 때부터
손을 저어도 발을 뻗어도 닿지 못해
바라다보기만 할 뿐 속을 태웠는데
시간이 지나고 억겁의 세월이 흐르니
눈 덮인 뽕나무밭이 바다가 되듯이
박지도와 반월도가 서로 손을 맞잡네

하하 호호 다정히 웃으며 손잡고
다리를 걸어가는 젊은 연인에게도
지팡이를 짚고 의지한 채 어거정 어거정
한 걸음 두 걸음 걷는 늙은 부부에게도
눈부시게 황홀한 사랑의 신비를 전해주며
세찬 바닷바람도 잠재우는 보라색 물결이여

에덴의 서쪽

이른 새벽 숲에 들어가
살며시 눈을 감고
햇볕을 기다린다
산새들이 기지개를 켜고
활기차게 짹짹 노래하고
연둣빛 나뭇잎 사이로
아침 햇살이 스며드니
마음속 손길을 따라
입가에 미소를 띄우며
하늘을 올려다본다

옛사람이 그토록 찾았던
무릉도원이나 샹그릴라는
깊은 산골 첩첩산중이나
인적이 끊어진 바닷가나
황량한 모래사장에는 없네
마음을 열고 손을 함께 잡고
웃으며 한 걸음씩 걸어가는
시끌벅적한 이곳 저잣거리가
바로 우리의 낙원이구나

독도에서

너를 만나려고
너를 안아보려고
잠을 설치며 찾아가니
거친 파도는 잠을 자고
너울성 파도가 산들산들
갈매기도 반갑다고
하늘도 환하게 웃으며
어서 오라고 손짓하네
언제나 고향은
마음속에 있는 것
독도
너는 내 안에서
살아 숨을 쉬는구나!

울릉도 뱃길

망망대해를 넘고 넘어
여객선은 앞으로 가는데
하늘 아래 앞뒤 좌우는
햇볕에 반짝이는 물결뿐
보이는 것은 아무것도 없고
만질 수도 없는 머나먼 뱃길
그 옛날 뱃사공이 그러했듯이
노를 젓고 저어가며
끝없는 바다를 헤쳐 나아가
'노인과 바다' 주인공처럼
청상어를 낚아서 돌아가겠다는
야무진 꿈이라도 꾸는 것일까?

꿀벌은 어디에

5월의 여왕이라는
장미를 부끄럽게
하이얀 눈송이처럼
산을 눈꽃으로 덮어
벌들을 불러 모으던
아카시아 꽃향기가
진동하는 초안산

그 많던 벌들은
어디에 숨었는지
수줍게 단장한 채
낭군을 기다리는
아리따운 색시처럼
아카시아 꽃들은
어제도 오늘도
오지 않는 낭군을
목 놓아 기다리고 있네

오금공원

삭풍이 부는
나무 틈새로
오동나무는
보이지 않고

앙상한 떡갈나무
높은 가지에는
덩그러니 외로운
까치집 하나

먹이를 찾아서
공원에 놀러 온
비둘기 남매는
낙엽을 뒤적이고

저 먼 하늘에는
시커먼 먹장구름이
하나둘 몰려와
세상을 덮을 듯한데

거문고를 타던
백발의 선비는
학과 희롱하느라
세상을 잊었나 보다

잃어버린 정원

햇볕이 잘 드는
양지바른 곳에서
아카시아 꿀을 치던
노인은 어디로 가고

푹푹 찌는 한여름
삼복더위를 피해
숲속에 들어와
이야기꽃을 피우던
아낙네는 어디 있을까

허름한 초막을 헐고
굴착기로 땅을 파
무슨 공사를 하는지
자못 궁금했는데

야영장이 들어서고
뺀질나게 들락거리는
자동차 물결에
시도 때도 없이
굽는 고기 냄새로

창문을 열어 놓으면
코가 막힐 지경이네
자연의 향기에
흠뻑 취해 살던
그 옛날의 소박한
시절이 그리워라

꽃밭에서

엄마 아빠 손 잡고
찾았던 그 꽃밭
검고 하얗고 빨간
장미꽃 향기에 빠져
하하 웃던 꽃동산

덧없는 세월 속에
아이들 손을 잡고
다시 찾아온 꽃밭엔
채송화도 깨꽃도
과꽃도 봉숭아도
하나도 보이지 않고

자식들 손에 이끌려
손주들과 찾아간
꽃밭에는 이름 모를
꽃만 요염하게 피었고
철 지나 시들은 꽃은
길가 한 귀퉁이에
볼품없는 모습으로 서 있네

작고 여린 새싹도
아름다움을 뽐내던
탐스러운 꽃봉오리도
어디로 갔는지 없고
떨어진 꽃잎만 나뒹굴어
추하고 지저분한
꽃잎만 무성한데
잃어버린 청춘과 사랑은
어디에서 찾아야 하나

여름의 환상

덥다 더워 너무 덥다
어찌할 줄 몰라 나오니
덥다 더워하는 말뿐이다
아이스크림을 살살 핥아 봐도
꿀꺽꿀꺽 찬물을 마셔 봐도
뽀득뽀득 얼음을 씹어 봐도
찜통과 갈증은 떠나지 않고
끈적끈적한 짜증만 밀려온다

베란다 밖 벌거벗은 하늘은
뜨거운 용광로 같은 햇볕 아래
아무 말도 못 하고 속수무책으로
숯불처럼 이글이글 불타오르고
숲속 나무에서 혼신의 목청껏
지난한 짝짓기 유희를 찾는
우렁찬 수컷 매미 소리가
더욱 애처롭고 처연하게 들린다

때가 무르익으면 한여름도
계절이 오는 바람 소리에 놀라
그 자리에서 몰래 쫓겨나리니
불볕더위에 모두 다 녹아버린
저 텅 빈 빈약한 가슴 속에는
빈 깡통처럼 땡그랑 소리만
딸랑딸랑 요란하게 가득하다

홍천강

6월 중순인데
한여름 땡볕처럼
너와 나 할 것 없이
텀벙텀벙 물속으로
이끌려 들어간다

강폭이 넓지 않아
중랑천 같은 홍천강
울긋불긋 알록달록
옷차림의 사람들이
꾸역꾸역 모여든다

코로나 탓에
억눌렸던 울분의
응어리를 토하고
화풀이하는 듯
강물 속으로
스르르 빠져간다

래프팅하며
세월을 희롱하는
젊은이들도
그물을 던지며
물고기를 낚는
초로의 사내도

아주 오랜만에
생기 돋아나는
사람들을 보니
그동안 숨죽이며
살아왔던 마음에
감사하고 고마운
눈물이 흐른다

숲에는

비 개인
봄날
숲길엔
아련한 그리움이
떡시루 김처럼
모락모락 묻어난다

봄이 떠나가고
여름이 오는
숲속엔
연둣빛 신록의
찬란한 생명의
소리 가득하다

가을이
깊어가는
숲에는
사그라지는
생명의 마지막
모습이 처연하다

기쁨과 슬픔의 모습이
생명과 죽음의 소리가
만남과 이별의 순간이
한데 어울린 숲에는
흥겨운 춤사위가 넘친다

바람꽃

아무도 알지 못하는
아무도 찾을 수 없는
바람이 사는 동네에
피는 작은 꽃송이 하나

어디서 와서 어디로 가는지
알 수 없는 바람을 닮아
그 모습을 볼 수도
만져볼 수도 없다네

모든 것을 휩쓸어 버리고
하늘 끝 저쪽으로 날아가는
형체 없는 바람꽃처럼
아득히 날아가고 싶어라

장미의 세월

황홀한 장미꽃 품속으로
손을 넣다가 가시에 찔려
꽃도 제대로 보지 못하고
울면서 떠나간 그 사람

다시 찾아온 장미의 계절에
마음 한구석에서는 서러운
눈물이 한 방울 두 방울
끊임없이 솟아오르는데

꽃잎은 시들어 떨어지고
가시에 찔린 사람도 없고
남은 것은 흙냄새 풀풀 나는
찾는 이 없는 꽃밭뿐이네

봄이 오는 소리

매서운 추위 속에서도
얼음 밑에서 말없이
조용히 흐르는 냇물을
잊고 지내던 동안

저 골짜기에서 내려오는
봄바람에 솜털이 수북한
버들강아지가 봄이 온다며
살랑살랑 흔들며 속삭이네

꽁꽁 얼었던 두꺼운 얼음도
봄소식에 조금씩 조금씩
녹아가니 실개울 물소리가
귓속으로 살며시 스며들고

얼음 속 너른 바위틈에서
깊은 겨울잠에 빠져있던
왕눈이 개구리 형제가
활짝 기지개를 켜더니
놀라 어리둥절하는 사이

저 언덕 너머 골짜기에서
너에게로 나에게로
우리 모두의 가슴으로
미소지으며 살그머니
봄은 그렇게 다가오네

연꽃처럼

새벽이슬이 친구와 함께
놀러와 소꿉놀이를 하고
청개구리가 폴짝 뛰어들며
숨을 내쉬는 포근한 잎사귀

세찬 비바람 속에
말없이 고개를 숙이고
거친 폭풍우를 맞으며
햇볕을 기다리는 가냘픈 꽃잎

더러운 냄새를 풍기는
지저분한 진흙 속에서도
고운 빛깔의 꽃을 피우는
연약하고 아름다운 연꽃

온갖 불의와 욕망이
꿈틀대는 세상에서도
역겨운 진흙탕 속의
분홍색 연꽃처럼

따스한 눈빛에
환히 웃으며 손을 내밀어
이 풍진 세상에 사랑을
베푸는 작은 꽃이 되리라

저 꽃처럼

고혹한 자태로
미소짓는 장미,
수줍어 고개조차
들지 못하는 할미꽃도

말없이 씨앗을 내어
후손을 잉태한 호박꽃,
청초한 표정으로 아침
햇살을 머금은 나팔꽃도

한바탕 소동이 끝나고
비바람이 휘몰아치면
모두 한 가족이 되어
땅바닥에 널브러지는데

세상이 작고 만만하다고
허튼 웃음을 지으며
허망한 일을 꿈꾸는 인간은
도대체 무엇이란 말인가?

만항재

자동차로 갈 수 있는
가장 높은 고개이자
야생화의 천국인
함백산 만항재는

망국의 한을 품으며
사라진 왕국을 그리워한
고려 유민의 서러움이
깃들어 숨 쉬는 곳이란다

봄날 한 철 꽃피는
들꽃의 풋풋한 향기와
청초한 아름다움에 취해
무심히 지나던 나그네는

산꼭대기 저 허허벌판
꽃들의 수많은 춤사위에
갈증도 시름도 잊은 채
환한 미소를 짓는다

제 4 부

동트는 새벽에

어스름이 희뿌옇게
그 모습을 드러내니
저쪽 산모퉁이에서
붉은 기운이 솟아나

어제와는 다른
내일과도 같지 않은
오늘이라는 순간을
빚어주는 자연의 선물

동트는 새벽에

어스름이 희뿌옇게
그 모습을 드러내니
저쪽 산모퉁이에서
붉은 기운이 솟아나

어제와는 다른
내일과도 같지 않은
오늘이라는 순간을
빚어주는 자연의 선물

어두움 속에서 빛이
광채를 발휘하듯이
세월 따라 떠날 즈음이면
과거의 그림자가 어른거리니

이제는 마음을 열고
찬란히 밝아오는
저 황홀한 태양의 빛을
가슴 깊이 받아들이자

붉은 산

한 처음 천지가 개벽하니
하늘이 열리고 땅이 갈라져
눈 꽃송이처럼 붉은 불꽃이
세상을 덮을 듯 쏟아져 내려

조용하던 대지가 깜짝 놀라서
매일 조금씩 솟아오르고 올라
하늘을 향해 두 팔을 벌리자
붉은색 산허리가 생겨나고

세월의 묘약을 먹으면서
햇볕과 빗물에 다듬어져
때 되어 새싹이 고개를 드니
붉은 산은 아기곰을 닮아가네

꿈을 잃어버린 사람에게
태초의 모습을 보여주니
자연의 신비에 머리 숙여
두려움과 존경심을 바치네

망국지색

양산박 두령 송강은
흉내조차도 못 내고
말도 안 되는 헛짓만
골라서 이골내더니
아예 철면피 깔고서
떨이 책 장사 노릇하고

시궁창 냄새 진동하는
저잣거리 뒷골목에서
골목대장 노릇 하며
길가는 선남선녀를
협박하여 등쳐먹는
막무가내 꼴불견 하며

어물전 망둥이가 뛰자
꼴뚜기가 너도나도 뛰듯
똘마니들 날뛰는 모습이
가증스럽고 꼴불견일 줄이야
그야말로 난형난제로다

오호통재라! 오호통재라!
이 풍진세상에 언제나
봄날 같은 훈풍이 불고
저 밝은 햇빛이 빛날지
오자서의 영혼에 부탁하여
두 눈 부릅뜨고 보고 싶다

한 여름날에

조물주가 화가 났는지
하늘과 땅이 지글지글
불타는 어느 여름날

더는 참을 수 없이
맨몸으로 훌러덩 뛰어든
깊은 계곡 물웅덩이

몸서리치도록 차가운 물에
이빨이 덜덜덜 부딪히고
뼛속까지 한기가 스며들어

어그적 어그적 거리며
너럭바위 위로 올라오니
햇살은 따사롭게 비치고

지나가던 젊은 길손이
벌거벗은 흰 몸뚱이를
흘깃 쳐다보며 손짓을

더위가 저만치 물러가고
시간도 멈춰버린 그곳엔
흐르는 물소리만 요란하다

시간의 하루

악몽같이 긴 하루도
단꿈처럼 짧은 하루도
흐르는 시간은 같은데
그때와 장소에 따라
저마다 다르게 느끼고

낮과 밤의 길이는
계절에 따라 변하고
매일 매일의 시간은
자연의 흐름과는 달리
인간의 약속일 뿐이라

세월이 좋은 약이라지만
입에 쓴 약을 삼키려면
가뭄에 논바닥이 갈라지듯이
지나가는 저 바람처럼
가슴을 휑하니 비워야 하네

두 갈래 길

미로 같은 삶의 여정을
뒤돌아보니 무수히 많은
발자국이 어지럽게 널려
제대로 알아볼 수 없네

이제 어디로 가야 할지
갈등 속에 서성거리는데
털북숭이 새끼강아지는
두려움 없이 앞으로 뛰어가

서산으로 지는 해를 바라보며
앞에 놓인 알지 못하는 길을
말없이 터벅터벅 걸어가면은
저편의 세상이 손짓 하리리라

속초 앞바다

새벽을 여는 동녘의
태양은 수평선 저 너머
바다 위에 검붉게 빛나고
찬란한 아침 햇빛을 받아
붉게 반짝이는 울산바위

끝이 없는 검푸른 바다
파도 따라 춤추는 요트에
몸과 마음을 내맡기니
마음속 응어리와 찌꺼기가
훨훨 저 멀리 날아간다

어디가 바다이고 하늘인지
사방천지 휘둘러보니
요트 타고 있는 곳이
하늘이자 바다이구나

어느 달밤에

그 누가 한가위 달밤이라 했는지
검붉은 하늘에 떠 있는 달빛은
서글픔에 겨워 부르르 떨고
내 마음마저 흔들리니
추억도 사랑도 사라지고
불빛 없는 쓸쓸한 바닷가에
애달픈 달그림자만 비추네

구름에 가려 형태를 알 수 없는
희끄무레 초라한 달무리
물이 빠져 벌거벗은 갯벌엔
어두움 속에서 온갖 생물이
활기차게 움직이는데
외로움에 젖은 늙은이는
소리 없이 눈물짓고 있네

세월처럼

엄마 품에 안겨
젖을 먹다가 잠들고
아빠 손 잡고
아장아장 걸으며
뒤뚱뒤뚱 뛰어가다
넘어져서 무릎이 깨지고
빨간약을 발라주자
씨익하고 눈물을 훔치고
저 홀로 큰 줄 알고
엄마·아빠 맘에 안 든다고
집 밖으로 뛰쳐나가

세상 물정 모른 채
이리저리 돌아다니니
어느 틈에 머리에는
서리가 한 말이나 내리고
문득 먼 곳에 계신
부모님 생각에 눈물지니
찾아뵐 당신들은
어디에 꼭꼭 숨으셨는지
손톱만큼도 보이지 않네
복받치는 그리움을 안고
쏟아지는 눈물 속에
뜨거운 한숨만 나오네

마음의 행로

가야 할 길은
구불구불 굽은
낭떠러지 길인데
마음은 두 갈래

발길 닿는 대로
걸어가니 재 너머
황량한 허허벌판에
허수아비 홀로 서 있네

한바탕 소풍을 즐기고
정신을 차려 바라보니
희뿌연 안개 속에
고향 가는 길이 보이네

녹슨 열쇠 꾸러미

자물쇠를 채우지 않으면
사랑이 도망간다고 하여
주렁주렁 새끼를 낳듯이
수많은 열쇠고리가
자물쇠를 매달고 있네

파란 눈의 젊은이 한 쌍이
헤어지자고 비행기를 타고
남산골에 날아와 걸어두었던
열쇠고리를 찾았다는
웃지 못할 이야기도 들리는데

새끼손가락을 걸면서
사랑의 열쇠를 걸어놓고
약속하고 맹세했는데
거친 세월의 풍상 속에
열쇠 꾸러미는 녹이 슬어
사랑도 빛이 바래가네

바닷가의 추억

숨이 턱턱 막히는
뜨거운 열기 속에서
맨발로 모래밭을 밟은 채
도란도란 사랑을 속삭이며
낭만과 정열이 꿈틀거리던
욕망의 세월은 어디로 가고

하얀 거품을 내뿜으며
백사장을 삼킬 듯이
흥분하며 넘실대던 파도에
끈적끈적한 유혹의 밀어도
흔적조차 모두 사라져버려

가슴 속에 묻어놓고
한 마디도 꺼내지 못했던
사랑한다는 그 말은
세찬 바람에 여지없이
떨어져 버린 단풍잎처럼
형태도 없이 흩어지고

다시 찾아온 바닷가에는
주인을 잃어 저 홀로
덩그러니 누워있는
짝 잃은 신발 한 짝만
허허벌판을 지키고 있네

철 지난 여름 바닷가는
손님이 없어 외로운
늙은 주막집 여인처럼
서러운 슬픔만 쳇바퀴 돌리듯
하품 속에 추억을 곱씹네

운동장의 기억

연둣빛 새순이
올망졸망 터져 나오던 그 날
청순한 마음으로
새내기 발걸음을 내디뎠던 교정

교련 반대와 유신철폐를
목 놓아 소리 지르며
넘치는 최루탄 가스에
눈물과 콧물을 흘리며
백골 부대 방망이에
얻어터져 어깨가 깨지며
쌍코피를 쏟아가며
술래잡기하던 운동장

세월이 흘러 반백 년이 되니
그토록 목 놓아 울었던
운동장은 어디로 가고
괴물 같은 건물 덩어리가
차단기를 세우고 돈을 받고 있네

우리들의 청춘도 사랑도
떨어진 가랑잎처럼
여지없이 뭉개지고
그 형체조차 사라지고 없구나

전설의 고향

먼 그 옛날
길 가던 나그네가
툭 던진 말 한마디가
아이들 입으로 전해지고

동네 아낙네들이
광주리에 빨랫감을 이고
개울가에서 이러쿵저러쿵
쑥덕쑥덕하더니

처마 밑에 주렁주렁 걸린
풍성한 시래기처럼
토실토실 살이 오르고
울퉁불퉁 근육이 생겨나

초가지붕 이엉 속에
새끼를 치는 제비처럼
정겨운 이야기 속에
알알이 열리는 전설

욕망의 그늘

시작도 끝도
알 수 없는
불타는 욕망은
어디에 있을까

깊이를 모르는
검푸른 물속에
속세에 찌든 몸을
가만히 담그고
들어앉으면
마음속 불타는
욕망은 가라앉을까

열 길 물속은
알 수 있지만
한 길 사람 속은
모른다는데
세상을 환히 비추는
진흙 속의 연꽃은
어디에서 찾아야 하나

호숫가를 서성이며

잔잔한 바람이
소리 없이
흐르는 날도 있고
거칠고 사나운
비바람이
몰아치는 날도 있지

출렁이는 물결 위에
이글거리는 햇볕이
내리쪼이는가 하면
너울너울 춤추는
물결 위로 눈보라가
쏟아지기도 하지

호수에 비치는
포근한 산자락도
희미한 달그림자도
언제나 그 모습
그대로이거늘

떠나 가버린 그 날을
그리워하듯 호수에
무심히 돌을 던지며
무엇을 기다리고 있나

비의 노래

등굣길 아침에
우산 속으로
내리는 이슬비

미안한 표정으로
옷가지에 살며시
내려앉는 가랑비

아무도 몰래 혼자만
아는 듯 모르는 듯
소리 없는 보슬비

빗속에 쨍하고
한 가닥 볕 드는 순간
오다가는 여우비

여름이 익어가는
개울가 오두막에
쏟아지는 소나기

휘날리는 '비꽃'* 속에
비를 긋는 마음은
하늘로 솟아오르네

* 비꽃: 비가 오기 시작할 때 드문드문 떨어지는 빗방울

달이 뜬다

달이 뜨네
달이 뜬다
표독스러운 얼굴에
칼날 같은 언사로
쏘아보는 매서운
눈빛을 덮어주는
엄마 품처럼
포근한 달이 뜬다

달이 뜨네
달이 뜬다
어둡고 칙칙한
세상을 환하게
밝혀주는 휘영청
밝은 달이 뜬다

달이 뜨네
달이 뜬다
혼자 먼 길
떠나는 외로운
길손 동무해주는
쟁반 같은
둥근 달이 뜬다

달이 뜨네
달이 뜬다
외롭고 힘들어
정붙일 곳 없는
삭막한 이 세상에
밝은 웃음을 주는
아기 얼굴 닮은
해맑은 달이 뜬다

두 얼굴의 동전

불타는 햇볕 속에서도
숨 쉬는 곤충이 있고
얼어붙은 동토 속에서도
싹 피우는 꽃이 있네

견디기 힘들어
한없이 원망하며
도망치려 했던 곳이
잃어버린 낙원이요

기쁨과 환희가 충만한 곳이
후세를 이어가는 어두운
세계의 뿌리 일 줄이야

너와 내가 다른 듯 보여도
한 꺼풀 그 속을 벗기면
너무나 똑같은 모습인데

손가락질 그만하고
따듯한 미소를 나누며
두 손을 마주하고
봄놀이 가고 싶구나

술 한 잔에

한 잔 술을 받으며
술 한 잔을 건네고
지나온 세월을
모두 털어버리고
지금 이 순간을
안주로 삼아
다가올 시간을
생각하지 말자

가난한 우리 영혼을
작은 술잔에 담아
한 잔 술에 고독을
두 잔 술에 슬픔을
술 한 잔에 웃음을
또 한 잔에 사랑을

세월은 가고 오는 것
떠나면 다시 만나리니
술 한 잔 건네고
또 한 잔 나누며
너를 잊어 세상도 잊고
나를 잊어 세월도 잊고
독이 든 술잔을 위해서
빈 술잔을 높이 쳐들어
하늘을 향해 건배하세